Ti...

You...

Emma Dodd

Addasiad Eurig Salisbury

atebol

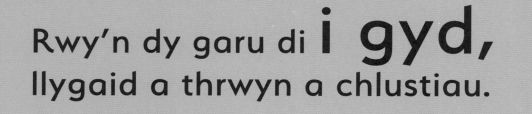

Rwy'n dy garu di **i gyd,**
llygaid a thrwyn a chlustiau.

I love **every** bit of you,
your eyes and ears and nose.

Rwy'n dy garu di i gyd,
o dy ben
i flaen dy fodiau.

I love every bit of you,
from your head down
to your toes.

Rwy'n caru dy chwarae
pendramwnwgl,
ti'r mabolgampwr,
ti'r cnonyn bach!

I love your tumbles,
jumps and bumps,
your fidgets
and your wriggles.

Rwy'n caru dy wên
(dy wyneb blin hefyd),
dy sibrwd swil,
dy chwerthin iach.

I love your smile,
I love your frown,
your whispers
and your giggles.

Rwy'n caru dy gastiau,
cuddio, pi-po...

I love your games
of hide and seek...

dy holl annibendod,
dy lanast, dy ffws.

your messes and
your muddles.

Rwy'n caru amser gwely
yn fwy na dim –
stori cyn cysgu, **cwtsh** a sws.

I love your bedtime
best of all –
its kisses and its **cuddles.**

Rwy'n dy garu pan wyt ti'n **mwynhau...**

I love you when you're having **fun...**

a phan wyt ti'n gwisgo **gwg.**

and when you're sometimes **sad.**

Rwy'n dy garu pan wyt ti'n blentyn **da...**

a hyd yn oed pan wyt ti'n **ddrwg.**

I love you when you're kind and **good...**

and even when you're **bad.**

Ydw, dwi'n dy garu di **i gyd,**
ac un peth sicr sydd...

Yes, I love **every** bit of you,
and this I know for sure...

rwy'n dy garu di
i gyd yn fwy...

with every day
that passes by...

a mwy

a mwy

bob dydd!

I love you more
and **more!**

Y fersiwn Saesneg

Cyhoeddwyd gyntaf yn y DU yn 2010 gan Templar Books,
adran o Bonnier Books UK,
The Plaza, 535 King's Road, London SW10 0SZ
www.templarco.co.uk
www.bonnierbooks.co.uk

Argraffiad gwreiddiol wedi'i gyhoeddi yn Saesneg o dan y teitl: *You ...*

Y fersiwn Cymraeg

Cyhoeddwyd yn y Gymraeg gan Atebol Cyfyngedig,
Adeiladau'r Fagwyr, Llanfihangel Genau'r Glyn, Aberystwyth, Ceredigion SY24 5AQ

Addaswyd gan Eurig Salisbury
Dyluniwyd gan Owain Hammonds

Dymuna'r cyhoeddwr gydnabod cymorth ariannol Cyngor Llyfrau Cymru.

ISBN: 978-1-913245-09-2

www.atebol-siop.com